KUSHI

1. LE LAC SACRÉ

Patrick Marty
Scénario

Golo Zhao
Dessin

LES ÉDITIONS FEI

MONGOLIE-INTÉRIEURE, 1985.
KUSHI!!

OÙ ELLE EST PASSÉE ENCORE?!

QU'EST-CE QUE C'EST QUE CE BRUIT...
VRRRRR
TIENS, BOLD... SON 4X4 A L'AIR CHARGÉ... IL VIENT DU NORD DE LA VALLÉE...
QU'EST-CE QU'IL EST ALLÉ FAIRE PAR LÀ CE BANDIT? IL N'Y A PAS D'ÉLEVEURS, PAS DE TROUPEAUX, QUE DES COLLINES FLEURIES...

DES PETITS RUISSEAUX... ET LE VENT DE LA STEPPE.
IL NE CHASSE PAS L'ANTILOPE OU LA GAZELLE À QUEUE NOIRE...
TROP MALADROIT POUR TIRER LE LÉOPARD DES NEIGES...
KUSHI! KUSHI!
5

TILIK!
QUEL CASSE-PIEDS
CELUI-LÀ...
YYYYAAAA!
HIIIIIII!
TACATAC!
TACATAC!

KUSHI!
AAAH!! KUSHI! RAPPELLE TA CHIENNE! KUSHI! ELLE VA ME MANGER!
AHHHHHHH!
SLLURP
KHULAN, LAISSE-LE. IL EST BIEN TROP MAIGRE. TU N'EN FERAIS QU'UNE BOUCHÉE.
TILIK! TU SAIS QUE JE NE VEUX PAS QU'ON VIENNE M'EMBÊTER QUAND JE SUIS SEULE DANS LA STEPPE!
7

ALORS QU'EST-CE QUE T'AS PAS SU FAIRE COMME EXERCICE POUR VENIR ME DÉRANGER JUSQU'ICI? HEIN?
C'EST LES DIVISIONS, J'Y COMPRENDS RIEN...
AÏEUEU...
ASSIEDS-TOI.
C'EST POURTANT SIMPLE TILIK. COMBIEN DE FOIS IL FAUDRA QUE JE T'EXPLIQUE?

*fête nationale mongole

POURQUOI TU NE COURS PLUS KUSHI? TU POURRAIS GAGNER COMME TOUS LES ANS DEPUIS QUE TU FAIS LA COURSE?
C'EST PAS GRAVE SI TU NE PEUX PAS PARTICIPER À LA LUTTE...
COMMENT ÇA PAS GRAVE?! TU TROUVES ÇA JUSTE TOI QUE JE NE PUISSE PAS LUTTER SIMPLEMENT PARCE QUE JE SUIS UNE FILLE?
TOUT ÇA PARCE QUE LES GARÇONS NE PEUVENT PAS SUPPORTER D'ÊTRE BATTUS PAR UNE FILLE! ILS PERDRAIENT LA FACE, HEIN?!
KUSHI! JE N'Y SUIS POUR RIEN!

L'ARC ET LE CHEVAL NE SONT RIEN SANS LA LUTTE. LES GENS DU VILLAGE SONT DES IDIOTS. SOUS LES GRANDS KHANS LES FEMMES AVAIENT LE DROIT DE LUTTER.
POURQUOI TU ME FRAPPES? APRÈS TU T'ÉTONNES QU'AU VILLAGE ON NE T'AIME PAS. TU TE BATS MÊME AVEC TES AMIS...
QUELS AMIS? JE N'AI PAS D'AMIS... JE SUIS ENTOURÉE DE CRÉTINS QUI ONT PEUR DE LEUR OMBRE...
TOI AUSSI TU AS PEUR DE LA PETITE FILLE DE LA CHAMANE? TU AS PEUR QUE JE TE JETTE UN SORT?!
NON! MOI JE N'AI PAS PEUR DE TOI KUSHI...

BRAOUMMMM!!!
MOI JE... JE...
QU'EST-CE QUE C'EST?!
BABOUMMMM!!!
AHOUUUUUU,
WOOUUUUUUUU,
WOUUUUU!!

C'ÉTAIT QUOI CES GROS BOOM KUSHI? C'EST DES BOMBES? OÙ TU VAS? C'EST PEUT-ÊTRE DANGEREUX?
EXCUSE-MOI AUPRÈS DU MAÎTRE, IL FAUT QUE J'AILLE VOIR CE QUE C'EST.
ATTENDS! KUSHI! ATTENDS...
J'AI PAS FAIT MES MULTIPLICATIONS...

TACATAC!
TACATAC!
TACATAC!
BRAOUMM!!!

BRAOLMMMMM!!!

TIENS, TIENS... VOILÀ LE GROS BOLD QUI S'AMÈNE.
PAR ICI LES GARS! JE VAIS TIRER LE FILET AVEC LA BAGNOLE!
ÇA C'EST DE LA PÊCHE, HÉ HÉ HÉ... MAGNEZ-VOUS LE TRAIN VOUS AUTRES! FAUT PAS MOISIR ICI!

CES POISSONS SONT SACRÉS, ILS VIVENT DANS CE LAC DEPUIS TOUJOURS!
YYYYAAAA! ALTAN! FONCE!
BOLD, ESPÈCE D'ORDURE...
QUE...?

SALE GAMINE! LAISSE MES POISSONS OU JE T'ÉTRIPE!
GRRRRRRRAORCH...

JE VAIS T'ÉCORCHER VIVE! ARRRRHHH!

ON NE TIRE PAS SUR LA FILLE DE TENGGER.
CE NE SONT QUE DE VIEILLES SUPERSTITIONS!
IL N'Y A PAS PLUS DE TENGGER DIEU DE LA STEPPE QUE DE CARPES SACRÉES! C'EST SA CHIENNE QUE JE VISAIS, IDIOT!
VOUS AUTRES! RAMASSEZ CE QUI RESTE DES CARPES!
KUSHI N'EST QU'UNE GAMINE QUI MÉRITE UNE BONNE LEÇON. EN ABATTANT SA SALE BÊTE, ÇA LA CALMERA.
UN JOUR BOLD IRA TROP LOIN.
OUAIS. MAIS AUJOURD'HUI C'EST LUI QUI PAIE. ET C'EST PAS KUSHI QUI REMPLIRA TA GAMELLE QUAND TU RENTRERAS À LA YOURTE CE SOIR.

KHULAN! TU ES BLESSÉE!
BOUGE PAS KHULAN, LAISSE-MOI VOIR.
UN PEU D'ORTIE AVEC UN CATAPLASME D'ARGILE, ÇA VA ARRÊTER LE SAIGNEMENT.

VROOOOOOM!!
GRRRRRR AOURCH!
NOOON! KHULAN! REVIENS!!!
JE VAIS T'ÉCRABOUILLER, SALE BESTIOLE!

GRRRRRR
BLING !!
SALE BÊTE! ARRRHG!

SALOPERIE DE CLÉBARD! J'AURAI TA PEAU! ARRGH
AH AH AH AH! LE SALE BOLD QUI PREND UN BAIN! AH AH AH AH!
MAUDITE PESTE! TU VAS...
POUAAA!
SI TU VOLES TENGGER, TENGGER TE PUNIRA!

VENEZ M'AIDER BANDE DE CRÉTINS, AU LIEU DE RESTER PLANTÉS LÀ!
C'EST QUOI CES CAISSES?

BOLD! TON 4X4 EST TROP CHARGÉ, MÊME LES CHEVAUX N'ARRIVERONT PAS À TE TIRER DE LÀ.
FAUT SORTIR LES CAISSES!
LE PREMIER QUI TOUCHE À CES CAISSES, JE L'ÉTRIPE, COMPRIS?!
ALLEZ CHERCHER DE L'AIDE AU VILLAGE, MAGNEZ-VOUS!

KHULAN, JE REVIENDRAI VOIR TA PATTE DEMAIN. VA, MAINTENANT.
LES GENS DU VILLAGE TE CRAIGNENT ENCORE PLUS QUE MOI... ILS TE TUERAIENT.

GRAND-MÈRE ?
KUSHI ? QU'EST-CE QUE TU FAIS LÀ ? TU DEVRAIS ÊTRE À L'ÉCOLE.
GRAND-MÈRE, JE M'ENNUIE À L'ÉCOLE...

TU SAIS COMME ÇA A ÉTÉ DUR DE TE FAIRE ACCEPTER, ET...
JE FAIS CE QU'IL FAUT À L'ÉCOLE. MAIS JE NE PEUX PAS RESTER ENFERMÉE DANS CETTE CLASSE TOUTE LA JOURNÉE.
SURTOUT QUAND BOLD TUE LES CARPES DU LAC SACRÉ!
PAR TENGGER! CES POISSONS QUE TU AS JETÉS PAR TERRE SONT... MORTS D'AFFREUSE MANIÈRE N'EST-CE PAS?
COMMENT LE SAIS-TU?

JE SUIS PEUT-ÊTRE UNE VIEILLE CHAMANE AVEUGLE ET FATIGUÉE, MAIS MON ODORAT EST PLUS PUISSANT QUE JAMAIS. N'EST-CE PAS SÜKH ?!
HOU HOU !!
HOU HOU !!
BOLD EST UN DÉMON.
SI L'ON NE L'ARRÊTE PAS, CE PAYS SERA BIENTÔT UN DÉSERT ARIDE OÙ PLUS PERSONNE NE POURRA VIVRE.
JE NE LE LAISSERAI PAS FAIRE GRAND-MÈRE !
BOLD EST UN HOMME DANGEREUX, IL FAUT ÊTRE PRUDENTE MA PETITE FILLE.
JE SAIS, IL A TIRÉ SUR KHULAN ET L'A BLESSÉE À LA PATTE...

*ethnie majoritaire en Chine

DES GROS PÉTARDS JE TE DIS! BAOUM! BAOUM!
IL Y AVAIT DE PLUS EN PLUS DE POISSONS À LA SURFACE DU LAC! TOUS MORTS! LE VENTRE À L'AIR!
CALME-TOI KUSHI. SI CE QUE TU DIS EST VRAI IL FAUT AGIR AU PLUS VITE.
BOLD N'A PAS LE DROIT DE TUER LES CARPES SACRÉES DE CETTE MANIÈRE.
JE VAIS PRÉVENIR BORCHU. TOI TU RESTES ICI.
SI TU CROIS QUE JE VAIS ATTENDRE BIEN SAGEMENT QUE LE CHEF BORCHU RÉAGISSE...

UN PEU PLUS TARD DANS LE BUREAU DU CHEF DU VILLAGE.
OÙ EST LE PROBLÈME? LA PÊCHE N'EST PAS INTERDITE, CHACUN A LE DROIT DE PRÉLEVER LES POISSONS DANS LES LACS DU DISTRICT ET D'EN FAIRE CE QUE BON LUI SEMBLE.
JE VAIS VOUS DIRE OÙ EST LE PROBLÈME CHEF BORCHU. UNE QUANTITÉ ÉNORME D'AUTRES POISSONS VONT POURRIR ET POLLUER L'EAU OÙ LES BÊTES S'ABREUVENT.
ET SI ELLES S'EMPOISONNENT C'EST BIENTÔT TOUTE LA POPULATION QUI RISQUE ELLE AUSSI D'ÊTRE TOUCHÉE PAR UNE ÉPIDÉMIE.
IL FAUT ABSOLUMENT INTERDIRE UNE TELLE PRATIQUE!

TU AS DES PREUVES DE CE QUE TU RACONTES?!
C'EST KUSHI QUI VIENT DE M'APPORTER LES POISSONS. ILS ONT ÉTÉ PÊCHÉS À LA DYNAMITE PAR LES HOMMES DE BOLD. ELLE LES A VUS.
CETTE GAMINE VA ME RENDRE FOU! TOUJOURS À METTRE SON NEZ OÙ ELLE NE DEVRAIT PAS.
L'INSTITUTEUR M'A PRÉVENU QU'ELLE A ENCORE SÉCHÉ L'ÉCOLE AUJOURD'HUI!

入党誓词
NOUS VOULONS QUE CHAQUE ENFANT DU CLAN SACHE LIRE, C'EST PRIMORDIAL, CAR ON EST EN 1985 !
DANS 15 ANS C'EST L'AN 2000, UNE ÈRE DE MODERNITÉ ! IL FAUT ROMPRE AVEC TOUTES CES CROYANCES ET CES TRADITIONS MONGOLES D'UN AUTRE ÂGE !
SANS QUOI NOTRE PEUPLE SERA LAISSÉ SUR LE BORD DU CHEMIN DU PROGRÈS !
BROUHA !
BROUHA !
QU'EST-CE QUE C'EST QUE CE RAFFUT ENCORE ?
BROUHA !
BROUHA !
BROUHA !

BAYAN!
TOI ET TA PESTE DE PETITE FILLE, QUAND CESSEREZ-VOUS DE SEMER LA ZIZANIE DANS CE VILLAGE?!
QUOI? NOUS? ON SÈME LA ZIZANIE? ET CEUX QUI MASSACRENT LES CARPES DU LAC SACRÉ ILS SÈMENT QUOI, HEIN?
TENGGER VA PUNIR CE SACRILÈGE!
IL FAUT ARRÊTER DE MONTER LA TÊTE DE TOUT LE MONDE AVEC CES VIEILLES CROYANCES!
DE QUEL CÔTÉ EST LE CHEF DU VILLAGE? IL ACCUSE UNE VIEILLE FEMME QUI DÉNONCE UN ACTE SACRILÈGE AU LIEU DES BANDITS QUI PILLENT LA STEPPE!

JE SAVAIS BIEN QU'EN FAISANT VENIR UN INSTITUTEUR POUR LEUR APPRENDRE À LIRE ET À COMPTER, LES ENFANTS DU CLAN DEVIENDRAIENT VITE DE GRANDS ÉRUDITS! HÉ HÉ HÉ!
BORCHU A RAISON, CETTE GAMINE EST DEVENUE INCONTRÔLABLE.
MOI JE DIS QU'ELLE EST MAUDITE.
SI SA GRAND-MÈRE CHAMANE NE LA PROTÉGEAIT PAS...
QUI SAIT SI ELLE N'A PAS TOUT INVENTÉ?
COMME NOUS TOUS, JE ME MÉFIE DE CETTE PETITE SORCIÈRE ET DE SA CHIENNE SAUVAGE.
MAIS CES CARPES APPARTIENNENT AU CLAN DEPUIS DES DIZAINES DE GÉNÉRATIONS.
39

ON NE LES PÊCHE QUE POUR LES MARIAGES, POUR PORTER BONHEUR AUX JEUNES ÉPOUX. C'EST LA TRADITION.
MON FILS VA SE MARIER DANS L'ANNÉE, QUE SE PASSERA-T-IL S'IL N'Y A PLUS DE POISSONS POUR HONORER LES JEUNES ÉPOUX?
IL A RAISON! QUE SE PASSERA-T-IL QUAND NOUS AURONS ABANDONNÉ LE RESPECT QUE NOUS DEVONS À LA STEPPE QUI NOUS NOURRIT DEPUIS DES MILLIERS D'ANNÉES?

LE MOUTON QUE L'ON TOND TROP RAS, QUE L'ON BLESSE, LA VERMINE ENTRE DANS SA PLAIE, LE RONGE ET IL EN MEURT.
VOUS LES ANCIENS, VOUS VIVEZ COMME AU TEMPS DES KHANS. LE MONDE A CHANGÉ. ON N'APPARTIENT PLUS À LA STEPPE, C'EST ELLE QUI NOUS APPARTIENT. ET NOS ENFANTS ONT BESOIN DE VOIR AUTRE CHOSE !
QUAND VOUS AUREZ VIDÉ LA STEPPE DE TOUT SON SANG, DE QUOI VIVREZ-VOUS ?
OÙ IREZ-VOUS ? QUE FERONT VOS ENFANTS ?

VRRRR
QUI VA PAYER MA VOITURE CASSÉE? C'EST L'ŒUVRE DE L'ANIMAL SAUVAGE DE CETTE GAMINE. TOUT EST DE SA FAUTE!
GRRRRRRRRRRRRR!

KHULAN! LAISSE-LE.
IL... IL FAUT ABATTRE CE MONSTRE! UN JOUR IL FINIRA PAR ÉGORGER QUELQU'UN!
IL FAUT L'ABATTRE! IL FAIT PEUR À NOS BÊTES! C'EST UN LOUP, IL NE DOIT PAS ENTRER DANS LE VILLAGE! KUSHI PETITE SORCIÈRE!
BOLD NOUS A TIRÉ DESSUS AVEC SON FUSIL! SI MA CHIENNE A CASSÉ LE PARE-BRISE DE SA VOITURE, C'ÉTAIT POUR ME DÉFENDRE.

MAIS... MAIS KUSHI ET SON FAUVE M'ONT FONCÉ DESSUS ET ELLE A VOLÉ LE POISSON. JE N'AI TIRÉ QUE SUR LA CHIENNE, MES HOMMES SONT TÉMOINS!
TU N'AS PAS LE DROIT DE PILLER LE LAC SACRÉ! C'EST LE BIEN DE TOUS!
LA PÊCHE N'EST PAS INTERDITE, ET LE CHEF BORCHU EST AU COURANT! CES POISSONS SONT POUR LE BANQUET D'OFFICIELS QUI VONT VENIR VISITER LE VILLAGE PENDANT LE NAADAM!

EST-CE LA VÉRITÉ CHEF BORCHU?
C'ÉTAIT UNE SURPRISE! HI HI HI... C'EST UN GRAND HONNEUR QUE CES OFFICIELS VIENNENT VISITER NOTRE VILLAGE. C'EST NORMAL D'OFFRIR CE QUE L'ON A DE MIEUX AUX GENS QUE L'ON VEUT HONORER.
JE FAIS TOUT POUR MODERNISER LE VILLAGE : UNE ÉCOLE! UN VÉTÉRINAIRE POUR VOS ANIMAUX! UN MÉDECIN QUI VIENT TOUS LES MOIS...
IL FAUT RECONNAÎTRE QUE BORCHU ŒUVRE POUR NOUS...
ET BOLD NOUS DONNE DU TRAVAIL.
TU ES AUSSI COUPABLE QUE BOLD!

JE NE SAVAIS PAS QUE BOLD ALLAIT PÊCHER LES CARPES À L'EXPLOSIF...
EH! ATTENDEZ! ECOUTEZ TOUS!
QUOI ENCORE? QU'EST-CE QUI TE MET DANS CET ÉTAT L'INSTITUTEUR?
J'AI ENVOYÉ LES CAHIERS DE COMPOSITION DES ÉLÈVES POUR PARTICIPER AU GRAND CONCOURS RÉGIONAL... OUF OUF... ET... UN DE NOS ENFANTS A GAGNÉ LE GRAND PRIX DU MEILLEUR ÉLÈVE DE TOUT LE DISTRICT!
AVEC LES FÉLICITATIONS DU JURY QUI N'A JAMAIS VU UN TRAVAIL AUSSI BRILLANT!
喜报

ALORS? QUI EST CE BRILLANT ÉLÈVE QUE NOUS ALLONS TOUS HONORER?! CET ÉLÈVE QUI ILLUMINE TOUTE LA COMMUNAUTÉ DE SON PRESTIGE, HEIN?
JE VOUS RAPPELLE QUE C'EST MOI QUI AI CRÉÉ CETTE ÉCOLE, LA PREMIÈRE ÉCOLE DANS CETTE PARTIE RECULÉE DE LA STEPPE, RIEN QUE POUR NOTRE VILLAGE.
ALORS PARLE! DIS-NOUS QUI EST CE JEUNE MONGOL QUE NOUS LE FÉLICITIONS?

L'ÉLÈVE KUSHI,
C'EST ELLE LA GAGNANTE!

FÉLICITATIONS KUSHI.
TOUT ÇA POURRAIT TRÈS BIEN APPORTER LA SOLUTION À NOTRE PROBLÈME... PSCHH... PSCHH... PSCHH...
MAIS OUI!
HÉ HÉ HÉ...

*"gold" signifie "or" en anglais

VIVE BOLD! BRAVO! HOURRA POUR BOLD!
KHULAN!
TA PETITE KUSHI EST VRAIMENT UNE ENVOYÉE DES DIEUX, BAYAN.
TOUT CELA N'EST PAS BON, NON, VRAIMENT PAS BON...

POUR BOLD! HIP HIP HIP... HOURRA! HOURRA!
PFFFFUIT !!!
JAMAIS JE NE QUITTERAI LA STEPPE! JAMAIS!!

KUSHI EST UNE INGRATE! SI ELLE NE VA PAS À LA VILLE POUR RECEVOIR SON PRIX ET ÉTUDIER, ELLE FERA REJAILLIR LA HONTE SUR TOUT LE CLAN!
LE CHEF A RAISON! CETTE GAMINE NE DOIT PAS NOUS FAIRE PERDRE LA FACE!
REGARDEZ, JE LUI OFFRE UN AVENIR ET ELLE S'ENFUIT AU GALOP!
CETTE ENFANT DOIT ALLER À LA VILLE POUR Y APPRENDRE À VIVRE AVEC LES GENS CIVILISÉS, ET CESSER DE SEMER LE DÉSORDRE DANS LE CLAN.
DE GRÉ OU DE FORCE : RATTRAPEZ-LA!

VOUS AUTRES, GRIMPEZ DANS LA VOITURE, ON SERA PLUS RAPIDE QU'ELLE À CHEVAL!
VOUS N'IREZ NULLE PART!
VOS BÊTES NE DOIVENT PAS S'ABREUVER DANS LE LAC TANT QU'IL N'AURA PAS ÉTÉ NETTOYÉ DES POISSONS MORTS!
IL Y A DE FORTES CHANCES QUE L'EAU DU LAC SOIT EMPOISONNÉE ET LE BÉTAIL RISQUE D'EN FAIRE LES FRAIS.

PLUTÔT QUE DE POURSUIVRE UNE ENFANT CAPRICIEUSE, IL EST PLUS URGENT D'ALLER NETTOYER LES SALETÉS DE BOLD ET DE SA BANDE.
CRÉTIN DE VÉTÉRINAIRE, TU NE PERDS RIEN POUR ATTENDRE...
JE PAYE 10 YUANS LE KILO À CHAQUE PERSONNE QUI RAPPORTE LES POISSONS À MON HÔTEL RESTAURANT!

ALLEZ LES ENFANTS! AUJOURD'HUI EXERCICE PRATIQUE DE SCIENCES NATURELLES : NETTOYAGE D'UN LAC POLLUÉ!
HÉ HÉ HÉ
J'ESPÈRE T'AVOIR DONNÉ UN PEU DE TEMPS POUR T'ÉCHAPPER KUSHI...

JE VAIS DISPARAÎTRE QUELQUES TEMPS. GRAND MÈRE, LA STEPPE EST MA GRANDE SŒUR, ET TENGGER POURVOIRA À TOUS MES BESOINS.
JE SAIS MA PETITE FILLE, JE SAIS. MAIS CE N'EST PAS TENGGER QUI M'INQUIÈTE. N'OUBLIE JAMAIS QUE BOLD EST DANGEREUX, TRÈS DANGEREUX.
CE TALISMAN TE GUIDERA. SI TU AS BESOIN D'AIDE, SERRE LA PIERRE DANS TA MAIN, LA RÉPONSE À TA QUESTION TE VIENDRA...

QUE TENGGER TE PROTÈGE MA PETITE FILLE.

KUSHI! ATTENDS! ATTENDS-MOI!
JE VEUX VENIR AVEC TOI! LAISSE-MOI T'ACCOMPAGNER!
TILIK! TES PARENTS SERAIENT FURIEUX DE SAVOIR QUE TU FUIS AVEC MOI DANS LA STEPPE, ET ON M'ACCUSERAIT ENCORE. HORS DE QUESTION!
LA STEPPE EST DANGEREUSE POUR UNE FILLE SEULE, ON A VU DES LOUPS RÔDER IL N'Y A PAS LONGTEMPS. ET PUIS IL FAUDRA QUELQU'UN POUR TE DÉFENDRE CONTRE BOLD.

JE N'AI PEUR NI DE LA STEPPE NI DE BOLD. JE SUIS LA SEULE DU CLAN À SAVOIR CHASSER COMME NOS ANCÊTRES. AVEC UN ARC, UN BON CHEVAL ET KHULAN À MES CÔTÉS, JE NE CRAINS PERSONNE.
MERCI DE TON AIDE TILIK. IL N'Y A PAS BEAUCOUP DE GENS DANS LE CLAN QUI PRENNENT CETTE PEINE. JE SUIS FIÈRE D'AVOIR UN COMPAGNON COMME TOI TILIK, UN BRAVE MONGOL !
JE NE LAISSERAI JAMAIS PERSONNE TE FAIRE DE MAL KUSHI, ET POUR ÇA JE TE SUIVRAI JUSQU'AU BOUT DU MONDE S'IL LE FAUT...
HÉ !

HIIIIIII!
KUSHI! NOOOON!
PARDON TILIK. MAIS JE NE PEUX PAS T'EMBARQUER AVEC MOI. C'EST TROP RISQUÉ, ET JE NE POURRAI PAS VEILLER SUR TOI.

NE T'INQUIÈTE PAS! RÉVISE PLUTÔT TES DIVISIONS!

ME VOILÀ DÉSORMAIS SEULE AVEC TENGGER.

J'AI PARLÉ TROP VITE.
VRRRRR
TU NE M'ÉCHAPPERAS PAS.

SA MAUDITE VOITURE EST TROP RAPIDE... COMMENT LE SEMER?
VROOOOOOOM
SKIIIIIIT!!!
POURQUOI TU SORS DE TON TROU COMME ÇA, TOI?

BIEN SÛR! LA COLLINE AUX MARMOTTES!
VRRRRRRRR
TU CROIS POUVOIR M'ÉCHAPPER SALE GAMINE?!

PENDANT CE TEMPS...
DANS LA YOURTE DE BAYAN.
POF!
POF!
POF!
POF!
POF!
POF!

WHOUA! WHOUA!!
GRRRRRRR WHOUA!
AHHHRRRG! AU SECOURS!
MAUDIT CLÉBARD!

DESCEND CETTE SALE BESTIOLE!
PFFFFUIT!!!
PAW!
DZING!!

INCAPABLE!
HÉ! ON VA VERS LA COLLINE AUX MARMOTTES LÀ...
JE M'EN FOUS DE LA COLLINE AUX MARMOTTES! ON NE VA PAS À LA CHASSE AUX MARMOTTES! CE QUE JE VEUX C'EST METTRE LA MAIN SUR CETTE PESTE DE KUSHI! COMPRIS?!

VAS-Y! ATTRAPE LE LICOL! TU Y ES PRESQUE!
MAIS ON EST PRESQUE ARRIVÉS À LA COLLINE AUX MARMOTTES!
ARRRH! LÂCHE-NOUS AVEC TA COLLINE AUX MARMOTTE! JE N'Y VOIS RIEN AVEC CE SOLEIL!
ATTEN...

HIIIIIIIIII!
TU ES DÉCIDÉMENT UN BIEN MAUVAIS MONGOL, BOLD. TU AS OUBLIÉ QUE LE SOLEIL EST LE MEILLEUR AMI DU GUERRIER!

UN JOUR TENGGER TE PUNIRA POUR CE QUE TU AS FAIT.
JE T'ÉCRABOUILLERAI, JE TE RÉDUIRAI EN MIETTES, JE... JE... ARRRRHHH!!!
POURQUOI TU NE M'AS PAS PRÉVENU QU'IL Y AVAIT UN TROU TOI?!
BEN JE T'AI DIT QU'ON ALLAIT TOUT DROIT VERS LA COLLINE AUX MARMOTTES... ET IL Y A DES TROUS... À LA COLLINE AUX MARMOTTES.

ARRRRRHHHHHH!!!!

APRÈS DES HEURES DE CHEVAUCHÉES, LE SOLEIL SE COUCHE BIENTÔT SUR L'IMMENSE ÉTENDUE DE LA STEPPE.
ET KUSHI SE MET EN QUÊTE D'UN ENDROIT POUR DORMIR.
LÀ-BAS, ON SERA BIEN. HEIN KHULAN?

CE N'ÉTAIT PAS LA PREMIÈRE FOIS QUE KUSHI PASSAIT LA NUIT SEULE DANS LA STEPPE...
MAIS CETTE NUIT-LÀ AVAIT LE GOÛT D'UNE NOUVELLE VIE QUI L'ATTENDAIT...
LE GOÛT DE L'EXIL.

BAYAN NE NOUS ACCOMPAGNERA PLUS POUR NOUS APPRENDRE LE SECRET DES PLANTES DE LA STEPPE. DÉSORMAIS ON VA DEVOIR SE DÉBROUILLER TOUTES SEULES, KHULAN.
PAUVRE TILIK... J'ESPÈRE QU'IL NE M'EN VOUDRA PAS TROP.
BAYAN DIT QUE QUAND ON DOIT TROUVER SA PLACE SUR TERRE, ET CE QU'ON DOIT Y FAIRE, TENGGER, LE DIEU DE LA STEPPE, LE FAIT SAVOIR.

KUSHI REVIENDRA CAR ELLE EST L'ENVOYÉE DE TENGGER.
HUMMM... L'ENVOYÉE DE TENGGER...
HUMMM...

QUAND MON FILS L'A TROUVÉE, PENDANT CETTE TERRIBLE TEMPÊTE DE NEIGE... EMMITOUFLÉE DANS UNE PEAU DE MOUTON, AVEC SA PETITE CHIENNE LOUVE...
ELLE AVAIT ÉTÉ DÉPOSÉE TOUT PRÈS DE LA PORTE DE SA YOURTE, ET MON FILS A ENTENDU UNE VOIX QUI LUI DISAIT DE SORTIR DE LA YOURTE, MALGRÉ LA TEMPÊTE ET LE FROID...
HUMMM... MALGRÉ LA TEMPÊTE ET LE FROID...

TENGGER LUI A APPORTÉ LA JOIE, LUI QUI N'AVAIT EU NI FEMME, NI ENFANT, EN LUI OFFRANT LA PRÉSENCE DE KUSHI.
QUAND IL A REGAGNÉ LE ROYAUME DE TENGGER, LE SOURIRE ÉTAIT SUR SES LÈVRES.
HUMMM... LE SOURIRE ÉTAIT SUR SES LÈVRES...

TILIK N'A PAS DIT UN MOT DEPUIS QUE KUSHI S'EST ENFUIE DU VILLAGE, ET IL N'A RIEN VOULU MANGER.
IL EST JUSTE INQUIET PARCE QUE LA PETITE LUI FAISAIT SES DEVOIRS, IL DOIT AVOIR PEUR DU MAÎTRE...

JAMAIS JE NE TE LAISSERAI KUSHI, JAMAIS...

J'AI PERDU LA FACE
À CAUSE D'UNE GAMINE!
ARRRGH! SI JE
LA TENAIS!

IL FAUT TOUT FAIRE POUR LA RETROUVER ET LUI DONNER UNE BONNE LEÇON AVANT DE L'EXPÉDIER LOIN D'ICI DANS UN INTERNAT.
POURQUOI PAS À PÉKIN? QU'ON N'ENTENDE PLUS JAMAIS PARLER D'ELLE.
JE VAIS RECRUTER QUELQUES HOMMES ET FAIRE UNE BATTUE. ILS PARTIRONT À L'AUBE. MAINTENANT LAISSE-MOI BORCHU, J'AI DU TRAVAIL. LES AFFAIRES TU SAIS...
LES AFFAIRES SONT LES AFFAIRES, HEIN BOLD? ... À DEMAIN.
C'EST ÇA BORCHU, C'EST ÇA.

ET CETTE FOIS-CI, JE JURE D'AVOIR LA PEAU DE CE MAUDIT CHIEN SAUVAGE!

TOUT ÇA SERA BIENTÔT À MOI! JE SERAI BIENTÔT L'HOMME LE PLUS RICHE DU PAYS.
MON TRÉSOR!

PLUS QUE QUELQUES VOYAGES ET JE FAIS TOUT SAUTER! PLUS DE TRACE, HÉ HÉ HÉ.
À LA PLACE S'ÉLÈVERA UN MAGNIFIQUE ET TRÈS SÉLECT VILLAGE DE VACANCES POUR HOMMES D'AFFAIRES FORTUNÉS, BOLD CITY!
UN GOLF 18 TROUS. DES RESTAURANTS AUX MENUS CONCOCTÉS PAR LES PLUS GRANDS CHEFS! CUISINE FRANÇAISE! HÔTELS CINQ ÉTOILES, RÉSIDENCES PRIVÉES, LE MUST EN PLEINE NATURE... HÉ HÉ HÉ.

RESTE À SE DÉBARRASSER DE KUSHI.

« CENT CINQUANTE SEPTIÈME JOUR DE MA PRÉSENCE AU VILLAGE... »
« ... SI JE N'ÉTAIS PAS UN SCIENTIFIQUE, PERSUADÉ QUE LA MAGIE N'EST PAS DE CE MONDE, JE DIRAI QUE... »
« ... LE DIEU DE LA STEPPE A CHOISI D'ENVOYER UN ANGE AU VILLAGE, OU BIEN EST-CE UN DÉMON? ELLE S'APPELLE KUSHI. »

KUSHI...

OH?!
IL TE FAUDRA MONTRER BEAUCOUP DE RUSE... VA VERS L'OUEST... UNE PRINCESSE VIEILLE DE MILLE ANS ATTEND QUE TU LUI OFFRES ENFIN LE REPOS QU'ELLE MÉRITE...
QU'EST-CE QUE C'ÉTAIT?!

ÉTAIT-CE UN RÊVE?
CE DOIT ÊTRE LE VENT... KHULAN N'A PAS ABOYÉ.

LA LUTTE ENTRE KUSHI ET BOLD S'ENGAGE ET ELLE EST SANS MERCI. QUI L'EMPORTERA? QUEL SORT ATTEND KUSHI REJETÉE PAR LES VILLAGEOIS, SEULE DANS LA STEPPE IMMENSE? DÉCOUVREZ-LE DANS LE PROCHAIN ÉPISODE « LA TANIÈRE DU LOUP ».

UNE SÉRIE
EN QUATRE ÉPISODES

Tome 1 : *Le lac sacré*
paru le 27 janvier 2017

Tome 2 : *La tanière du loup*
à paraître le 21 avril 2017

Tome 3
à paraître en septembre 2017

Tome 4
à paraître en janvier 2018

www.editions-fei.com

Idée originale : Patrick Marty
Scénario : Patrick Marty
Dessin : Golo Zhao
Assistant : Qing Shui Tang

Conception graphique : Muyang Li
Suivi éditorial : Adèle Feltgen
Fabrication : CPE Conseil

Dépôt légal : janvier 2017 - ISBN : 978-2-35966-234-4